歓喜《よろこび》の歌

A song of joy

末永ゆめ

Yume Suenaga

文芸社

歓喜《よろこび》の歌

音楽は外にあるんだ。
おまえが神さまの貴いさわやかな空気を
吸っているときにね。

——ロマン・ロラン『ジャン・クリストフ』——

●新宿・高層ビル群

ビルに反射する朝の太陽光。
そびえ立つ都庁庁舎。
早足で歩くアルマーニを着たビジネスマン。
回転ドアに吸い込まれていくＯＬ達のハイヒール。
人ごみの中にジーンズ姿の竹道慶（25）。
手にはアルバイトの求人情報誌。

●歩道

ゆっくりとした足どりの慶。
時折立ち止まっては周囲を見回している。
遠ざかっていくビル群。
しゃがんで動かないホームレスの男。

●建築現場・外

工事の騒音が響く。

建築中のビルの巨大な鉄骨。

〈関係者以外立入禁止〉の札。

慶、金網から中を覗くと、ヒョイと柵を越える。

●同・中

労働者が行き交う。

未完成の建造物にボーッと見とれる慶。

資材を運搬中の労働者が近づく。

慶、ぶつかりそうになり素早く身をかわす。が、その弾みで別の労働者
三上友彦（20）を突き飛ばす。

尻モチをつく友彦。

友彦「バッ、バッカヤロー！　テメェ何ボサッとつっ立ってんだよ!!　……クソッ……!!（尻をさする）」

慶「あ、悪い、すまなかった――!!　本当に申し訳ない」

友彦「ボヤボヤしてっと危ねェんだよ、ここは!!」

慶「全く君の言う通りだ。こんな所でウロウロしていちゃあ良くない。第一、

君達に相当迷惑だ。（深々と頭を下げる）」
友彦「（慶をジロッとみて）……なんかオマエ、トンチンカンな野郎だな。とにかく早く出て行きな！」
慶「そうはいかない。僕はここに用があって来たんだ」
友彦の肩を親しげにバンと叩く慶。

●建築中のビル
高い足場の上で作業中の現場監督、山根完治（54）。
もめてる慶と友彦に気付き、
完治「（大声で）おう、友彦——！　何わめいてんだぁ——？」
友彦「（見上げて）あ、オヤジよー、こいつウロウロして危ねェから、注意してやってんだよ——!!」
慶「僕は用があって来たと言ったろう」
完治「（見おろして）そこのアンタ——ッ！　ホントにここは危ないんだよ!!　話ならあっちで聞こう」
プレハブの事務所を指さす完治。

●事務所・入口

完治に促され入っていく慶。

友彦、慶にくっついている。

慶　「あれ、君もついて来るのか？」

友彦「俺の勝手だろ」

完治「トモ、お前は仕事に戻ってろ（追い返す）」

憮然とする友彦。

友彦「――（慶を小突いて）何の用か知らねェけど……オレ、アンタ好かねェな！」

慶　「（笑って）君ははっきりモノを言うね。僕は君を気に入ったね！」

●同・中

雑然としている。

放置された湯飲み茶碗。

タオルで汗を拭く完治。

完治「(慶をながめまわし)――でアンタは本社からここへ来るよう言われたわけだ」
慶「ここで仕事の指示を受けるようにと」
完治「とにかく人手不足だからね。アンタみたいな――その……何ていうかヤワな兄さんでも欲しいわけだよ」
　苦笑する慶。
完治「……で、こういった仕事は初めてかい?」
慶「前に一度、地下鉄工事を――」
完治「ホゥ……どこで?」
慶「ロンドン」
完治「へっ?」
慶「五年も前ですが」
　完治、ヤカンの水をつぎ、一杯飲み干す。
完治「ま、まぁ……アンタそう頼りないってカンジでもなさそうだし――」
慶「明日からでも働きます」

●同・外階段

完治、慶の肩をポンと叩き、

完治「んじゃ、明日。六時に来れるかい？」

会釈して立ち去る慶。

●高級住宅街（夜）

世田谷あたりの。

豪邸の並ぶ一角にある古い屋敷。

蔦の這うレンガ塀。

重厚な門扉。

●慶の家・玄関（夜）

橙色に光る玄関灯。

ドアをそっと開け、入っていく慶。

●同・居間（夜）

流れるショパンのワルツ。
弾いているのは慶の妹、麻衣（19）である。
静かに麻衣の後ろに立つ慶。
巧みな麻衣のピアノテクニック。

＊　＊　＊

曲、終わる。

慶「（小さく拍手して）素晴らしい演奏だ、お嬢さん。甘ぁくて、とろけそうだ」

振り返る麻衣。
美しい顔立ちの麻衣。
その大きな目で慶を睨む。

慶「ま、その、つまりだ……お前の演奏はアメリカのデザートなんだな――上に粉砂糖やアイスクリームがドカッとのっかってて……おまけに生クリームがビッチャリってやつ」

麻衣「胸ヤケするってわけね！（ピアノをバンと閉じる）」

慶、クスッと笑う。

部屋を出ようとする麻衣。

慶、麻衣を捕まえ、

慶「批判されるとすぐスネちゃうんだな、お前は。いつもチヤホヤされてばっかりいるから」

麻衣「兄さんは私のピアノが嫌いなのよ！　何を弾いたってそうだわ！　いつだってバカにして!!」

慶「お前は他人を意識しすぎるんだよ……。とりわけ男をね」

麻衣「なによそれ」

慶「（麻衣をマネて）さぁ、聞いてちょうだい、見てちょうだい！　そして私を恋してちょうだい!!　だって私はこんなにピアノが上手なんですもの……（笑）」

麻衣、怒って慶にクッションを投げつける。

●同・DK（夜）

慶、食事の支度をしている。
火にかかっているなべ。
まな板の上の野菜。
それらを慣れた手つきで刻む慶。
みそ汁、焼魚の和食献立を作っている。

●同・居間（夜）

ソファでファッション雑誌を見ている麻衣。
髪の毛を指でもてあそびながら、
麻衣「あーあ、お腹すいちゃったァ」

●同・DK（夜）

慶、サバの塩焼きをテーブルに置く。
麻衣、歩み寄って来て、
麻衣「げっ!!　さかなぁー!?　しかもサバなんて……」

慶　「いやなら食ウナ——このわがまま娘！」

●慶の家・表（夜）

一台の車（ジャガー）、ガレージに入ってくる。

車を降りる竹道ルイ子（48）。

続いて外国人青年が降りて来る。

●同・居間（夜）

寝そべってテレビのお笑い番組を見ている麻衣。

ルイ子、外国人青年と入って来る。

慌てて座り直す麻衣。

ルイ子「麻衣、紹介するわね。こちらアレックス君。あなたの新しいピアノの先生——」

金髪で長身、美少年のアレックス。

麻衣に握手を求める。

アレックス「（カタコトの日本語で）アレックスデス。アナタニピアノ、オシエマス」

精一杯媚びる麻衣。

●同・DK（夜）

慶、皿洗いに余念がない。

アレックス、慶の後ろにまわり、

アレックス「あなた主婦みたい!! 日本の男性、家の仕事やらないって聞いてたけど。

（“You look so such a good housewife !! I hear Japanese men usually hate to do household chores !!”)」

慶「人それぞれなんだヨ！ ——アレキザンダー君!!

（“That all depends！ Alexander !!”)」

濡れた手をアレックスのシャツでぬぐう。

ルイ子、慌てて慶に、

ルイ子「今度はおとなしくしててよ！ 麻衣のピアノ教師っていうといつもケンカして追い出しちゃうんだから！」

慶　「なんだってあんなニヤケ野郎に頼むんだ……！」
ドアを乱暴に閉め、台所を出る慶。
シャツを気にしているアレックス。

●道（早朝）
通り過ぎる新聞配達人。

●慶の家・外（早朝）
門が開いて、Tシャツにジーンズの慶が出て来る。
朝もやの中、シャドーボクシングをしながら小走りに行く慶。

●駅（早朝）
アクビをしている駅員。
プラットホームに立つ慶。

●走る電車・中（早朝）

ガラすきの車内。

慶の腕時計が五時を指している。

●建築現場（早朝）

誰もいない現場。

一本の棒切れを見つけ、手に取る慶、足元の土に五線を描く。

その上に落書きのように音符をのせていく慶。

●太陽

輝き一段と増す。

●事務所

二階のカーテンが開く。

一人、二人と階段を下りて来る。

その中に、眠そうな友彦。

下の慶に気付き、

友彦「(目をこすり)あっ、お前……!」

慶「お早う!　お目覚めだな」

友彦、慶をうさん臭そうにながめ、

友彦「ホントにうざってェー野郎だな!　――マジでここで働く気なのか?」

慶「僕がここで働いたらおかしいかね?」

友彦「気まぐれでできる仕事じゃねーんだヨ」

慶「自分の仕事にプライド持ってんだな」

完治、慶に作業服を渡しに来る。

完治「――いいか。いつも気ィ張ってねえとケガするぞ」

●建築中のビル

むき出しの鉄骨。

高所で作業している労働者達。

完治に指示されテキパキ動く慶。

完治「――兄サン、結構力あんじゃねェか」

●照りつける太陽
セミの声。
黙々と働く労働者達。

●現場・外
汗だくの労働者がゾロゾロ出て来る。
完治と慶、並んで出て来る。
数歩遅れて友彦。

●ラーメン屋
薄汚れた狭い店。
労働者達で混み合っている。
どんぶりが片づいていない席につく完治と慶、友彦。
店員、乱暴に水を置く。
完治「え……っと、オレはチャーハンに餃子。トモ、お前は？」

友彦「スタミナラーメン、大盛り」
慶「(店員に)――レバニラ炒め、ある？」
　頷く店員。
慶「じゃ、それとライス」
　カウンターに戻り、大声で注文を告げている店員。
友彦「レバーなんか食うのか？」
慶「夏には最高だね」

＊＊＊

　店の漫画を読んでいる友彦。
　店員、料理を運んで来る。
　無言でガツガツ食べている完治と友彦。
　食べっぷりのいい慶。

●ラーメン屋・外
　汗を拭きながら出てくる完治。

●公園・ベンチ

タバコをふかしている完治。
寝そべっている友彦。
慶、セミの脱け殻を見つけ手に取っている。

完治「よう……、あんた学生かい？　……にしちゃちょっとフケてんな」
友彦「――今流行《はや》りのフリーターって奴だろ。どうせすぐ飽きて辞めちまうんだ」
慶「学校には行ってるけど――仕事してる方が多いかな」
完治「仕事って、他にも何かやってんのか？」
慶「指揮をやってる」
友彦「シキィ？」
慶「そう。オーケストラの、棒振り――」

●カットバック・コンサートホール

オーケストラ。

指揮をしている慶。

●建築現場

黙々と働く慶、友彦。

汗に光る慶の身体。

●音楽大学・キャンパス

人けのない小雨のキャンパス。

うっそうとした木立ち。

●同・教授室

雨音にまじって聞こえるピアノの音。

早乙女教授（62）とさし向かいの慶。

教授「――ドイツ行きの話、考えておいてくれたかね」

慶「……今すぐに行く必要性を感じないのです」

教授「君自身の気持ち、というより我々が望んでいることなんだよ。君にはぜひ

　　ドイツで勉強してきて欲しい」
慶「日本でだって音楽の勉強はできると思いますが――」
教授「君は今労働者の中で汗をかきながら音楽を勉強しているってわけだね」
慶「音楽は音楽家だけのものじゃありません」
教授「……だがね、竹道君。忘れちゃいかんのは、我々は音楽をやるしかないってことだ。人生を語るのも、戦うのも、我々の手段は音楽だけだ」
慶「――僕は……戦うのなら武器をとりますね」
　会釈して教授室を出る慶。

●同・廊下
　慶の行く前方に、待ち伏せている女性。慶の後輩、早川沙紀（23）である。
　慶の前に立ち塞がる沙紀。
沙紀「……ずいぶんと御無沙汰ね」
　沙紀、慶の手をぐいと引き、走り出す。

●ピアノ練習室

沙紀、慶を連れ込み、ドアの鍵を閉める。

慶「なんの真似……？（苦笑）」

沙紀「ドイツ行き、また延ばしたんですってね。私と一緒じゃそれほどイヤ？」

慶「何を言ってるんだ、君は。君こそ何でドイツへ行く。ハクを付ける為にか？」

沙紀「（慶に寄り）――あなたをドイツで独り占めするため」

突然ピアノを弾き始める沙紀。

激しいタッチのベートーヴェンの『テンペスト』。

慶「おいおい、こりゃすごい嵐《テンペスト》だな（笑）」

引き続ける沙紀。

慶、帰ろうとする。

ピアノを止め、慶を引き止める沙紀、慶に抱きつく。

沙紀「あなたに愛してもらおうなんて思ってない!!　ケイ、言っとくけど、私あなたに愛してほしいなんて思ってないわよ。あなたは女なんか愛せる人じゃない。自分しか愛してないもの――。この、ゴーマン！　エゴイスト」

沙紀、強引に慶の唇を奪う。
慶、されるままの長いキス。
窓をうつ雨。

●建築現場

真夏の太陽。
汗だくの労働者達。
頭から水をかぶっている慶。
傍の友彦にもぶっかける。
友彦「なっ、なにすんだよっ！」
友彦、慶を叩こうとする。
一発叩こうと、必死の友彦。
が、逆に慶に腕をとられてしまう。
友彦「イ、イテテ……お、おまえ……何かやってたのか」
慶　「戸隠流忍法体術」

●同（夕）

作業が終わり、散っていく労働者。

完治、慶を呼びとめ、

完治「安い焼き肉食わせる店があるんだ。行くか？（グイと酒を飲む仕草）」

慶「いいですねぇ」

完治「おぉ――い（友彦を呼び）オマエも一緒だ」

●焼き肉屋（夜）

煙の中で完治、友彦、慶が肉を焼いている。

ビールを一気に飲む慶。

友彦「あれだけ飲んで全然酔っ払わねェのな、おまえ」

ほろ酔いの完治。

完治「ケイ、あんた相当イケるな」

友彦「しっかしよ――、こいつ（慶を小突き）本当に指揮者なのかよ……ジャ、ジャ、ジャ、ジャァーンとかやるのかよ（指揮者の大げさな振りを真似る）」

慶　「ベートーヴェン、好きか」
友彦「他に知らねェもン」
　豪快に食べ続ける三人。

●繁華街のネオン（夜）

●カラオケスナック（夜）
　友彦、サザンの曲を歌っている。
　曲終わり、拍手が起こる。
友彦「サンキュ、サンキュ！（Vサイン）」
　慶、完治にビールをつぐ。
慶　「オヤジさんも次、どうです？（ステージを指す）」
完治「お、オレはいいよ。今日は若い客ばっかりだしな。遠慮しとくよ。」

＊＊＊

　完治、何故か気持ちよく『無法松の一生』を歌っている。

友彦「お世辞にもうまいとは言えねェな」
慶「オヤジさんの歌、味があっていいじゃないか」
友彦「次はお前だ」
慶「冗談だろ」
友彦「テメ、逃げるのかよ。お前、音楽家のくせに歌えねェってのか？」
友彦、マイクを慶に押しつける。
拒否する慶。
友彦「男らしくネェなー！　潔く歌えっての」
慶「楽譜がないと歌えないよ」
友彦「何か知ってる曲、ネエのかよ」
慶「シューベルト、バッハ、モーツアルトのオペラのアリア……」
友彦「カラオケでそんなの歌ってどうすんだよ。シラケるだけだぜっ!!（完治に）なっ、な、オヤジだってコイツの歌聞きてェーよな！」
ニヤリとする完治。

●同・ステージ

慶がポツンと立っている。
突然、西城秀樹の『ヤングマン』のイントロが流れてくる。

●ア然とする友彦

友彦「嘘だろ……？」

●ステージ

慶「♪Y・M・C・A!!♪」
手拍子が起こり、♪Y・M・C・A♪の大合唱となる。

●新宿駅（夜）

友彦、笑って慶の背中を叩き
友彦「お前、やっぱトンチンカンな野郎だな」

●同・プラットホーム（夜）
完治、腕時計に目をやり、
完治「おウ、もう十一時だ。（あくびしている友彦をみて）トモ、明日も早いぞ。寝坊すんなよ」

友彦「だいじょうぶっス……（眠そう）」

電車、入って来る。

慶達が乗ろうとする瞬間、三人の男が割り込んで来る。

突き飛ばされてヨロめく完治。

男A「おっとゴメンよ。突っ立ってるとアブねェよ、オッサン」

友彦「なに言ってんだよっ！　テメーらがぶつかって来たんじゃねェーか!!」

男B「——俺達に文句つけようってのか？　度胸あんじゃねェかよ、ニイチャン……」

凄む暴力団風の男達。

たじろぐ友彦。

完治「（小声で）トモ、やめとけ。構うな」

男達に道をあける完治。

男A「はじめっからそうすりゃいーのヨ。さ、兄キどーぞ」
電車に乗り込む男たち。
乗り際、兄貴分らしい男Cが友彦に噛んでいたガムをふきかける。
一部始終を見ていた慶、静かな声で
慶「お前たち、降りろ」
男A「……なにィ……⁉」
慶「降りろと言ってるんだ」
発車の合図が鳴る。
男B「降りようにも降りられねェーのよ、な、兄キ（笑）」
薄笑いを浮べる兄貴分の男C。
慶「こうすりゃ降りられるだろ」
発車寸前、胸ぐらを掴み、三人を電車から引きずりおろす慶。
男B「なっ、なっ、何すんだテメェ……」
慶「道徳心のない奴は乗せるわけにいかないって言ってるのさ」
素早く慶をとり囲む男達。
慌てて友彦と完治が降りて来る。

発車する電車。

友彦「(慶の耳元に) ヤ、ヤバイよお前……」

男A「ざけんじゃねェ」

男A、Bが慶に殴りかかり、忽ち乱闘となる。

集まる野次馬たち。

が、慶、武道の技であっという間に二人の男を倒してしまう。

と、兄貴分の男Cが慶の前に立ちはだかる。

慶「ジャマだよ。どき給え」

男C「…… (ドスのきいた声で) カッコつけられんのもここまでだよ……ニイサン」

ナイフを抜く、男C。

ざわめく野次馬。

慶「そんなチャチなもん出して、どうしようってんだ。お家《ウチ》へ帰ってリンゴでもむいてな!」

野次馬の間に笑いが起こる。

男C「二度と口がきけねェようにしてやる! (襲いかかる)」

すかさず逆手を取り、合気道の技でいとも簡単にナイフを取り上げる慶。

男Ｃ「(腕をとられてねじ伏せられ) イッ、イテテテッ…離せッ! クソッ!!」

次の電車がはいって来る。

慶、男を突き放すと完治、友彦を促し、サッと乗る。

鉄道警察隊が駆けつけ、男Ｃを囲む。

●走る電車・車内(夜)

完治、友彦、慶をポカンと見ている。

完治「ケガしなかったか、ケイ!」

(大丈夫、と) 微笑む慶。

友彦「お、お前……。オレ、一ぺんに酔いが醒めちゃったぜ。仕返しとか——されたらどうすんだ?」

慶「奴ら、ただのチンピラだよ。そんな根性ないさ(笑)」

溜息をつく友彦。

●人けのない道を歩く慶（夜）

●慶の家・玄関（夜）

パジャマ姿の麻衣、慶を出迎える。

麻衣「兄さんったら！　どこ行ってたのよ？　沙紀さん……ずっと待ってるわよ」

慶「（玄関の白いハイヒールに目をやり）今も……？　こんなに遅いのに？」

麻衣「今夜泊まるんじゃないの？（ニヤッとする）」

慶「…………」

麻衣「私は別に構わないけどォ――、泊まったって。沙紀さん美人だし、ピアノ上手だし、私、うまくやって行けそ」

慶「何の話をしてるんだ、お前は」

麻衣の頭をコツンとやり、階段をあがる慶。

後ろからしのび足でついて行く麻衣。

●慶の部屋・ドア（夜）

慶、中に入って行く。

ドアにへばりつき、聞き耳を立てる麻衣。

と、突然ドアが開く。

あせる麻衣。

慶「おやすみ。お嬢ちゃん」

好奇心を抑えきれない麻衣。

●同・中（夜）

沙紀、慶のベッドに座って雑誌を見ている。

慶、机の椅子にドカッと座る。

慶「（疲れた様子で）フーッ……、僕は本当は横になりたいんだがね。

君の占領しているそのベッドで」

沙紀「どうぞ、ご自由に」

慶「君のそのお尻がジャマなんだよ」

沙紀「私はここに座っていたいの」

慶「じゃ、仕方ない。（と沙紀を押しのけ、自分だけベッドに入ってしまう）」
沙紀「そういう態度には慣れてるのよ。ぜんぜんカチンとこないわ」
慶「（沙紀に背を向け）……あ、電気……。君、消しといて――」
すぐにライトを消す沙紀。
スタンドの灯りだけになる。
超ミニのワンピースのまま、慶のベッドに入ってくる沙紀。

●同・居間（夜）
テレビを見ている麻衣。
だが落ち着かない様子。
麻衣「――ったく兄さんたら……よく私が下にいて女と一緒に寝られるわねっ……！」
洋画のベッドシーンが映っているテレビ。

●慶の部屋（夜）
沙紀、後ろ向きの慶の髪を撫で、

沙紀「……あなたは冷たくしようと努力してるようだけど……私達はずっと昔から恋人同士なのよ――あなたは私を何度も抱いた。私も燃えた。むしろあなたの方が激しかった……」

無言の慶。

沙紀「寝かせないわよ、ケイ……(抱きつく)」

慶「(眠そうに)……さっきから何なんだ！　何を間抜けなことばかり言ってるんだ君は!!」

沙紀「ケイの方こそ最近おかしいわよ！　学校には顔出さないし、変なバイトしてるし音楽の方はどうなっちゃってんのよ！」

慶「君の知ったことじゃない」

沙紀「音楽家が音楽やらなくてどうすんのよ」

慶「君の千倍やってるつもりだよ」

沙紀「ピアノもずっと弾いてないくせに」

慶、眠そうに起き上がり、

慶「(イライラして)いいかね、僕は今の生活をしてる方が、よっぽど音楽を感じるんだ。君は大学でずっとピアノを叩いていればいい。完璧なタッチを

身につけるがいいさ。僕は人間の中に居たいんだ。人々と働くことこそ、
汗を流して働くことこそ。最も音楽的だとは思わないか」
沙紀「（あきれて）……また始まった」
沙紀、慶を倒し、服を脱ぎ始める。
下着姿で、慶にキスする。
沙紀「ご立派なことおっしゃるけど竹道センセ、これに対抗できる……？」
沙紀、慶を大胆に誘う。
抵抗するが、欲情に負ける慶。
沙紀の背に手をまわす。

●朝もやの街（早朝）

●慶の家・バスルーム（朝）
シャワーを浴びている慶。
慶、腰にタオルを巻いた姿で麻衣と出くわす。
麻衣「……やっ、やだ、兄さん」

慶　「（濡れた髪をかき上げ）あ――、さっぱりした‼　バイト行って来るから
　　な」
麻衣「バイトって――沙紀さんはどうするの？」
慶　「そのうち起きてくるさ」
麻衣「ほったらかしとくワケ？」
慶　「それよりお前、寝不足なんじゃないの？　目の下クマできてるぞ」
　　鼻歌まじりにバスルームを出る慶。

●慶の家の前（早朝）
　Tシャツ姿の慶が出てくる。
　朝もやに門を閉める音が響く。
　犬を散歩させている老人。

●慶の部屋（朝）
　時計が八時を指している。
　朝の光に目を覚ます沙紀。

が起き上がらずに天井を見つめている。
突然手当たり次第にモノを投げつける。メチャメチャになる慶の部屋。

●建築現場

友彦を中心に労働者達が談笑している。
友彦「――でもってヨ――、そいつらをこの俺がビシバシやっつけたわけヨ。野次馬なんか拍手しやがんの。イヤ――気持ち良かったな」
友彦の真後ろに立って聞いている慶。
慶「イヤー、実に爽快だったたな、トモヒコ！」
友彦「(振り返り) ナ、なんだよ、お前いたのかよ」
苦笑いする友彦。

●慶の家・階段

沙紀が髪を整えながら下りて来る。

●同・居間

麻衣、ソファでジュースを飲んでいる。

沙紀、無言で玄関へ向かう。

沙紀「（ハイヒールを履き終えると）あなたのお兄様には私が絶対必要なの。

彼は気付いていないだけ」

麻衣「（沙紀の傍に来て）そう、そう。私もそう思うわ、沙紀さん」

意味深な目つきで沙紀を見る。

沙紀「じゃ、またね。あのゴーマンなお兄様によろしく！」

麻衣「沙紀さん、またいらしてね。私、沙紀さんに憧れてるのよ」

沙紀「ありがと。光栄だわ。（出て行く）」

沙紀が去ると、麻衣、一人でクックッと笑い出す。

●トンネル

完治、懐中電灯を持ってハシゴを下りる。

続く、友彦、慶、数人の外国人労働者。

トンネル内では何人かの作業員が測量などしている。

完治「あそこだ。わしらの次の仕事場だ。来年早々になると思うが」

友彦「（薄暗いトンネル内を見回して）――きついんだよな……地下鉄は……」

慶「お前でもそんな弱気になることあんのか（笑）」

友彦「テメーはやったことねェからノンキなこと言ってられんだヨ……」

地下鉄工事の監督と話している完治。厳しい顔をしている。

●音楽大学・ピアノ室

慶がピアノの前に座っている。

周辺に分厚いスコアが置いてある。

それをパラパラめくる慶。

教授、通りかかり、半開きの扉に気付く。

教授「竹道君――！」

振り返る慶。

●窓から見える木立

激しく揺れている。

スコアを見ている教授。

窓から外を見つめている慶。

慶　「――ひと雨きそうですね」

教授「あ、ああ（スコアに気をとられている）」

慶　「さて……と。降り出す前に帰るかな（立ち上がる）」

教授「――第九、やってみるつもりなんだね」

スコアの表紙に“Beethoven Symphony No.9”とある。

慶　「僕みたいな若僧が……恐れ多いのですが」

教授「まぁ……（座るよう合図する）君なら技術的には不可能でないと思うが――

君と同期の小暮君も去年初めて振ったことだし」

慶　「聞きました。実際、耐えられませんでしたね」

教授「ホウ……そうかい？　世間では評判良かったみたいだが――」

●（回想）コンサートホール

観客の拍手に頭を下げている指揮者、小暮和弘（25）

沸き上がるブラボー！の声。鳴り止まない拍手。

●音楽大学・ピアノ室

慶「あんな気取った第九は初めてだ。いかにも純粋培養のエリートらしいよ。何にもわかっちゃいないんだ！　――なのに殉教者ヅラして観客を説得しようとして」

教授「あれは小暮君の解釈のしかただ。君はどう解釈するのかね」

慶「――僕は観客を説得しようとは思わない。大切なのは一つになることです。そして自由。何もかもから解き放たれた自由な魂……。オーケストラと指揮者。オーケストラと聴衆。そして第九の精神。これらが一体となって真理というものを……宇宙的真理というものを求めて――自由な魂がはばたく……」

『第九』の歓喜の歌の主旋律がかぶって――

＊＊＊

窓際に佇む慶。
強風に木々が激しく揺れている。

教授「君は音楽家というより思想家だな（笑）」
慶「音楽は現実を真面目に生きようとする人々のものです。恵まれたエリートだけのものじゃない!!」
教授「君自身が相当な音楽エリートじゃないか。その現実に対する反発かね」
慶「……たまたま父が指揮者であり、母がピアニストだったというだけです」
教授「世界でも知られたね」
慶「確かに音楽的には彼ら——つまり僕の両親は一流です……。でも人間として一流かどうか……」

●マンション・外観
駐車場にルイ子のジャガーが止まっている。

●同・中

シンプルなコーディネートの一室。

アップライトピアノの蓋が開いたままになっている。

ベッドルームからこぼれる男女の甘い声。

●同・ベッドルーム

ルイ子と若い青年が抱き合っている。

美しい大人の女というイメージのルイ子。

●新宿・西口付近（夕方）

自動販売機の前で慶と友彦が缶ビールを飲んでいる。

慶「（一気に飲み干し）……フウッ、最高――」

友彦「お前、この瞬間の為に生きてるって感じだな」

慶「明日は休みだ。今からウチでバッチリ飲もうじゃないか！」

●道・慶の家の近く（夕方）

高級住宅街。

友彦、キョロキョロしている。

友彦「お前、こんなとこに住んでんのか？」

サッサと歩く慶。

●慶の家の前（夕方）

慶、門をあけ友彦に入るよう促す。

友彦「……す、すっげェ……」

玄関までの敷地に高級車が何台か止まっている。

慶「いやに今日は車が多いな。先客が大勢いるようだ」

友彦「――いいのかヨ。俺なんかが来ちゃってサ」

慶「ガラにもない遠慮するな（友彦の背中をバンッと叩き）この俺のお客なんだヨ、お前は！」

●慶の家・居間（夕方）

ホームパーティの最中。

麻衣、ルイ子が着飾って大勢の客をもてなしている。

豪華なブッフェスタイルの料理。

色っぽいドレスを着た沙紀。

沙紀「あーら、竹道センセ、ご機嫌いかがァ？」

沙紀の大胆なドレスに苦笑する慶。

アレックスと話している麻衣を呼び、

慶「……何なんだね、このバカ騒ぎは」

麻衣「小暮さんが来てるのよ。彼の成功を祝うパーティ」

慶「小暮が何で来てんだ……？」

麻衣「バッカねえー兄さん。昔のお友達じゃないの。お友達というよりライバルだけど」

麻衣の言葉の途中で小暮が現われ、

小暮「久しぶりだな、竹道（握手を求める）」

慶「君が来てるとはね……どういう風の吹きまわしだ？」

小暮「(愛想よく)昨年の第九には来てくれてありがとう」
慶「ウン、ありゃ最低だったな。やはり第九は君に振れる代物じゃあない。
　——永遠にね」
小暮「相変わらずだな、竹道。そういう言い方が通用するのは俺だけだぞ……」
慶「僕はこういう言い方しか出来ないんでね」
　火花を散らす小暮と慶。
　二人を横で遠慮がちに見ている友彦。
　麻衣がモノ珍しそうに近づき、
麻衣「……あなたは?」
　突然話しかけられ、アセる友彦。
慶「ミカミトモヒコ君だ。僕の同僚、そして友人」
麻衣「へーえ」
　薄汚れた友彦、麻衣にみつめられバツが悪そう。
慶「トモヒコ、上でゆっくり飲もうぜ」
　慶、目の前のグラスとソーセージを掴み、階段を上る。

●二階・慶の部屋（夜）

和風にコーディネートされている慶の部屋。
壁に禅の『達磨』の掛け軸。
慶、友彦、小さなテーブルで飲んでいる。

慶「ここなら落ち着いて飲めるよ。友彦、飲みたい酒あったら下から持って来い」

友彦「オ、オレはこれでいいよ……それにしてもよ――お前、オレに結構親切なんだよな――なんでだ⁉」

慶「理由なんかないよ。君は僕の気の合う友人だということさ。君は決して自分を飾ろうとしない。おべんちゃらも言わない――実に気持ちいいね」

友彦「現場でよ――ヘンなことという奴がいてよ……」

慶「――なんて?」

友彦「オレとお前がその……なんだ……（口ごもる）」

慶「ホモ達同士ってか?」

ビールを吹き出す友彦。

友彦「（ムキになって）ジョ、ジョーダンじゃねえよな、全く」

慶　「何ムキになってんだ？　お前（笑）」

●同・居間（夜）

麻衣、ソファで小暮と談笑している。

麻衣の肩に手をまわしているアレックス。

麻衣「小暮さん、去年の第九の成功で常任指揮者になられたんですって？」

小暮「（嬉しそうに）ああ、地方の交響楽団だけどね」

麻衣「前途有望ってカンジね。（足を組み直し）――いい事教えてあげましょうか……　兄さんもね、第九を振るのよ、来年」

小暮「（ハッとして）そりゃ初耳だな！　竹道君は第九はまだまだ振れない、と言っていたが――」

麻衣「それがね、何か思うところがあるみたいで、特別な『合唱』にするんだ、とか」

小暮「特別な……合唱？」

好奇心を隠しきれない小暮。

麻衣「私もよく知らないんだけどね、特別な合唱団でも呼ぼうってのかしら……

キャッ、やだ！　やめてよアレックス」
アレックス、麻衣をくすぐったりしてふざけている。
アレックスとはしゃぎ出す麻衣。

小暮「特別な合唱団……何のことだ？　ドイツから合唱団でも呼ぼうってのか……？」

●同・慶の部屋（夜）
テーブルには何種類ものボトル。
友彦、慶の指揮者姿の写真を見つけ、からかったりしている。
友彦「……なァ、ケイ、さっきよ、下でオレに話しかけてきたコなんだけど——あの、髪の長い目の大きなコ」
慶「麻衣のことか？」
友彦「彼女、か、かわいいな——と思って……」
慶「妹だよ。甘やかされてて、ワガママなんだ」
友彦「妹？　お前の？　超かわいいじゃんか。お前の妹にしとくにゃもったいないよ」

慶「気に入ったなら、紹介してやろうか？」

サッと立ち、階段を下りていく慶。

唖然とする友彦。

●同・居間（夜）
人の輪から離れて、麻衣、アレックスといちゃついている。

麻衣の髪を撫でているアレックス。

慶、アレックスの手を払いのけ、
慶「悪いね。麻衣に会いたいって人が上で待ってるんだ。

（“Sorry, some guy who want to see Mai is waiting up there ”）」

強引に麻衣を連れていこうとする。

アレックス「僕は今麻衣と話してるんだ!!

（“I, have been just talking with her !”）」

慶「麻衣は君と話す必要なんかないよ。あ、ついでに言っとくが、麻衣のピアノも君はもう見なくていい。

（“She doesn't need to talk with you, Alex, and I should tell you also, You don't have to give any lesson to her any more ! ”）」

アレックス「クビにしようってのか。

（“ You mean —— you fired me …… huh ? ”）」

慶「その通り。アレキザンダー君!

（“ You exactly right !! Alexander ! ”）」

サッサと麻衣を二階に連れていく慶。

アレックス「私はお前と契約してるんじゃない!!　雇い主は竹道夫人なんだぞ、このクソ野郎。

（“ **I** didn't make a contract with you, but Mrs.Takemich ! **She** is a employer ! You complete shit !! ”）」

●建築現場
汗まみれの慶と友彦。
二人一緒に資材を運びながら、
慶「トモヒコ、お前——今度の日曜ヒマか?」
友彦「日曜?　何もすることなんかねェよ。金もないし」

恐縮ですが
切手を貼っ
てお出しく
ださい

112-0004

東京都文京区
後楽2－23－12
(株) 文芸社
ご愛読者カード係行

書　名			
お買上 書店名	都道府県　　市区郡　　書店		
ふりがな お名前		明治 大正 昭和　年生　歳	
ふりがな ご住所	□□□-□□□□	性別 男・女	
お電話 番　号	（ブックサービスの際、必要）	ご職業	
お買い求めの動機 1. 書店店頭で見て　2. 小社の目録を見て　3. 人にすすめられて 4. 新聞広告、雑誌記事、書評を見て（新聞、雑誌名　）			
上の質問に1.と答えられた方の直接的な動機 1. タイトルにひかれた　2. 著者　3. 目次　4. カバーデザイン　5. 帯　6. その他			
ご講読新聞　新聞	ご講読雑誌		

文芸社の本をお買い求めいただきありがとうございます。
この愛読者カードは今後の小社出版の企画およびイベント等の資料として役立たせていただきます。

本書についてのご意見、ご感想をお聞かせ下さい。

① 内容について

② カバー、タイトル、編集について

今後、出版する上でとりあげてほしいテーマを挙げて下さい。

最近読んでおもしろかった本をお聞かせ下さい。

お客様の研究成果やお考えを出版してみたいというお気持ちはありますか。

ある　　ない　　内容・テーマ（　　　　　　　　　　　）

「ある」場合、小社の担当者から出版のご案内が必要ですか。

希望する　　希望しない

ご協力ありがとうございました。

〈ブックサービスのご案内〉

小社では、書籍の直接販売を料金着払いの宅急便サービスにて承っております。ご購入希望がございましたら下の欄に書名と冊数をお書きの上ご返送下さい。（送料１回380円）

ご注文書名	冊数	ご注文書名	冊数
	冊		冊
	冊		冊

慶「そりゃよかった。妹とデートする気ないか？」
友彦「い、妹って、あの麻衣ちゃんと？」
慶「――イヤか」
友彦「バッ、バッキャロ――！　そんなイイ話、断るわけねェだろ――!!」
慶「じゃ決まりだ。日曜朝十時、東京駅」
　有頂天の友彦。

●慶の家・麻衣の部屋（夜）
　ノックし、入る慶。
　麻衣、ドレッサーの前に座っている。
慶「何だ。出かけるのか」
麻衣「（化粧しながら）そうよ。兄さんに関係ないでしょ」
慶「アレックスだな」
麻衣「詮索はよして」
慶「お前――日曜にディズニーランドに行かないか？」
　ディズニーのパスポート券を見せる慶。

麻衣「なにこれ。二枚あるじゃない。誰かと行けってこと?」
慶「いや。相手は決まっている。三上友彦だ」
麻衣「じょ、冗談でしょ——! イヤよ私、あんな山ザル」
慶「イヤなら今後一切お前の食事は作らない」
麻衣「そ、そんなァ——!! ずるいわ、兄さん! 私、飢え死にしちゃう」
ニヤリとする慶。

●銀行
友彦、現金自動支払機でお金をおろしている。

●ディズニーランド・入口
麻衣、友彦を無視してスタスタと歩いている。
友彦「ア、麻衣ちゃん待って! 入場券買わないと……(列に並ぶ)どっちにしようかな——ビッグとパスポート……(料金表を見て)パスポートって、モト取れるほど見れないんだよね——」
麻衣「なにセコいこと言ってんのよ! 券はもうあるのっ!!」

●同・中

家族連れやカップルで賑わっている。
一人で行ってしまう麻衣。
見失うまいと必死の友彦。

●音楽大学

ガランとした教室で慶が一人、スコアを読んでいる。
真剣な表情。

●東京駅（夕方）

電車から友彦と麻衣が降りてくる。

麻衣「(アクビしながら）じゃ、さよなら」
素っ気ない麻衣。
友彦「ま、麻衣ちゃん！　待ってよ！　……ねぇ……メシでも一緒に食ってこうよ！」

麻衣「アラ、いい店でもご存じ？」

麻衣を帰すまいと必死の友彦。

●銀座（夕方）

キョロキョロしている友彦。

待たされた麻衣の不服そうな顔。

まわりはラーメン屋とかばかり。

友彦「ラーメンじゃ――やだよな……？」

●建築現場

慶、友彦に缶ジュースを持って来る。

慶「――それでお前、銀座で寿司食ったのか？」

友彦「だって麻衣ちゃんが寿司でいいって言うから……」

●（回想）銀座のすし屋（夜）
カウンターでトロなど次々に注文している麻衣。

友彦、あまり食べていない。

●建築現場
慶「で、いくらだった？」
友彦「…………」
慶「勘定だよ!!」
友彦「……五万三千円……」
慶「麻衣、あのバカ!!」

●飲み屋（夜）
慶、友彦、完治ら飲んでいる。

他の労働者も一緒で盛り上がっている。

完治「いや――みんな、よくやったな、ご苦労さん。明日から盆休みだ。ゆっくり家族の顔でも拝んでくるんだな」

慶　「オヤジさんも北海道へ？」
完治「ああ。今年は孫が一人増えたんだよ。そいつを見にね」
嬉しそうな完治。
その横に対照的な友彦の顔。
一人ヤキトリをつまんでいる。
慶　「（友彦にビールを注ぎ）――なぁ、トモヒコ、お前の田舎に俺を招待しないか？」
友彦「できるわけないだろ。オレ自身が帰れねェってのに」
慶　「金のことなら心配ない。俺の車で行くんだよ」

●慶の家・ガレージ（早朝）
慶の車（レガシィ）が出て来る。

●関越自動車道
疾走するレガシィ。

●車中

関越トンネルを通過中の慶達。

助手席で流行《はやり》のポップスに合わせ体を揺すっている友彦。

トンネルを出る車。

慶「さぁ、山を越したぞ」

●関越自動車道・長岡ジャンクション

〈新潟〉、〈富山〉の分岐表示。

富山方向へすべり込む車。

●北陸自動車道・親《おや》不知《しらず》付近

眼下は海。

海上に建設された道路を走る車。

●車中

景色に感激する慶。

慶「すごいじゃないか！　海のど真ん中だ!!」

しみじみ海を見ている友彦。

友彦「――ここは昔からの難所だったんだ。北陸道もこの部分だけなかなか開通しなくって、国道に降りてたんだぜ」

慶「さっきの関越トンネルもそうだが、こういう道を造った人ってのはすごいな!!」

友彦「俺達土建屋の鏡！（笑）」

慶「いや、人間の鏡だよ。見給え、これは労働の証しだ！　この世に生まれて、彼らが社会の為に何かしたという確固たる証拠だよ」

友彦「大袈裟だな、お前も」

慶「……俺には果たしてこういうものが残せるかどうか……」

橋脚を日本海の波が洗っている。

●北陸自動車道・有磯海《ありそうみ》S・A（中）

うどんを食べている二人。

慶「白エビって初めて食べたけど、イケるな。富山じゃないと獲れないのか？」

友彦「知らねェけど、富山湾の深海にいるんだ」

●有磯海S・A（外）

海を見下ろす絶景。

草むらの中の石碑を見ている慶。

「早稲の香やわけ入る右はありそ海　芭蕉」と刻まれている。

友彦「……オレ、病院寄って行こうかな」

慶「具合でも悪いのか？」

友彦「この近くに姉ちゃんが勤めてる病院があるんだ……いきなり行っておどかしてやろうかと思ってサ」

慶「お姉さん？（ニヤッとし）――そういうことはすぐに実行しようじゃないか！」

友彦「……もしかして、お前何か期待してる？」
　急ぎ足で車に乗りこむ二人。

●病院・正面玄関
　レガシィが入って行き、停車する。
　慶、友彦降りて来る。
友彦「この時間、いるかどうか分かんねェけどな」
慶「いるいる、絶対いる！」
　自動扉に入っていく二人。

●同・中
　院内に静かなＢＧＭが流れている。
　老人の患者が多い。
　友彦、慶に耳打ちし、
友彦「期待裏切っちゃ悪いから先に言っとくけどヨ、姉ちゃん、麻衣ちゃんみたいじゃないぜ」

慶　「どういうことだ」

友彦「はっきりいって美人じゃないし、めがねかけてるし、それに……太ってるんだぜ」

慶　「ますます期待しちゃうね」

ナースセンターに向かう友彦。

●病院の庭

広い芝生の庭。

老人が看護婦に付き添われて散歩している。

背のびをしたりして、くつろいでいる慶。

友彦、走り寄って、

友彦「――今、検査に付き添ってるらしいんだ。終わったらここに来させるって」

＊　＊　＊

ベンチで休む慶、友彦。

同僚の看護婦と別れ、歩いて来る若い看護婦。
友彦の姉、稚子《わか》（23）である。
友彦、稚子に気付き、自ら近づいて行く。
慶、ベンチに座ったまま友彦を見ている。
友彦と会い驚いた様子の稚子。
照れ臭そうにしている友彦。
話し込んでいる二人を微笑ましく見守る慶。

＊　＊　＊

友彦、稚子の手をとり、慶のそばへ来る。
友彦「(慶に）……姉ちゃんだよ」
稚子「ま、まァ……初めまして……。稚子です」
慶「──竹道です。友彦君と一緒に働いています」
丁寧にお辞儀をする慶。
慌てて会釈する稚子。
稚子「弟がいつもお世話になりまして……」

友彦「俺の方こそいつもこいつ（慶を小突き）を世話してるぜ！」

クスッと笑いを漏らす稚子。

慶「しかし友彦にこんな素敵なお姉さんがいたとはね——」

恥じらう、決して美人とはいえない稚子。

友彦「ひぇ——。姉ちゃん、素敵だなんて言われたの、初めてじゃねーか？」

慶、友彦の頭をコツンとやる。

●病院・正面玄関（夕方）

車の助手席に乗り込もうとする友彦。

慶、制し、

慶「友彦、お前はこっちだ」

後部席のドアを開ける慶。

稚子を助手席に乗せる。

●走る車・中（夕方）

窓から北アルプスの美しい景色が見える。

慶、稚子に愛想がいい。

慶「富山って実にいいところだなぁ――。いいふるさと持って幸せだな、友彦」

友彦、後部座席で憮然と携帯をいじっている。

●友彦の家・玄関（夕方）

勢いよく戸を開ける友彦、

友彦「父ちゃ――ん!!　帰ったぞぉっ――!!」

後に続く稚子と慶。

●同・居間（夜）

友彦、父の修造（67）にみやげ物を渡している。

慶もみやげ（日本酒）を渡している。

笑って受け取る修造。

稚子、お茶を運んで来る。

●同・台所（夜）

居間から友彦と修造の笑い声が聞こえる。

一生懸命食事を作っている稚子。

慶、稚子の後ろにまわり、

慶「お手伝いしましょうか」

稚子「（驚いて）い、いぇ……結構です。お客さまなんですもの、お座りになって

いて下さい」

慶「……あなたは美しい言葉を話されますね」

キャベツを刻み始める慶。

慣れた手つきである。

稚子「あら!!　お上手ですね」

慶「ウチでいつもやってますから（笑）」

二人、楽しく料理している。

●同・和室（朝）

慶、寝ている友彦を起こしにくる。

慶　「おい、友彦。姉上さまのご出勤だぞ。起きろよ」
友彦「な、なんだァ……（寝ぼけている）」

●同・玄関（朝）

慶が稚子を車に乗せている。
稚子「ほんとに……よろしいんですか？」
慶　「ご迷惑でなければね、僕にとっても楽しいことですから」
運転席に乗り込む慶。

●走る車・中（朝）

慶と二人きりで、口数のすくない稚子。
慶　「お仕事、何時までですか？」
稚子「今日は四時までていいって言われてます」
慶　「じゃ、四時にお迎えに来ましょう」

●病院の庭

　慶がベンチで待っている。

●ナースステーション

　テキパキ動いている稚子。

　同僚の看護婦、窓を見つめながら、
同僚「ねーえ、あそこ。あの人なんか見たことある顔なんだけどなぁ……」

　稚子、同僚の指さす方をみる。

　慶の姿にハッとする稚子。

同僚「あ、そうだ、思い出した！　テレビで見たんだ!!　前さ、『みんなでコンサート』っていう番組やってたでしょう。あれに出てたわ」

稚子「――あの人が？」

同僚「そうよ。指揮者なのよ、あの人」

　慶、稚子達に気づく。

　親しげに手を振る慶。

同僚「あ、あんたに手え振ってる!!　なんで!?　なんであんたに手え振るの」

●木彫りの町・井波の丘（夕方）

慶、稚子、ゆっくり丘を登っていく。

稚子「竹道さん、おっしゃらなかったから……」

慶「何をです？」

稚子「有名な指揮者でいらっしゃること――」

慶、とぼけて稚子の肩を抱く。

驚く稚子。

稚子「た、竹道さん……困ります。そんな――私達、まだお会いしたばっかりじゃないですか」

慶「……あはっ、ははっ、あははは‼（笑い出す）き、きみって人は……百年も前に生まれたんですか？」

稚子「なにが可笑しいんですか？」

慶「その、君があまりにオールドファッション……いや、古風だからさ（まだ笑っている）」

稚子「いやだわ。私、古くさいですか？」

慶「そうじゃなくって……いや、ゴメン、ゴメン――ところで君、今特別な男いる?」
稚子「なんです? 急に」
慶「好きな人でも、彼氏でも、なんかそういう男、いる?」
稚子「(ムッとして) そういう質問にはお答えできません」
慶「僕は君の特別な男になろうと思ってるんだけどね (笑)」
慶、稚子をグッと引き寄せる。

●友彦の家・居間 (夜)
さしみなどを囲んで、慶、友彦、修造が飲んでいる。
近所の人達も次々加わり、皆でドンチャン騒ぎとなる。
稚子、甲斐甲斐しく台所を往復している。
慶「(稚子の手を掴み) ここにいろよ」
強引に隣に座らせる慶。

●同・台所（深夜）

稚子が一人で汚れた食器を片付けている。

●同・居間（深夜）

食い散らかしの座卓の横で友彦が大いびきをかいている。

●同・台所（深夜）

慶、食器を洗っている稚子に近づき、そっと肩を抱く。

稚子「よ、よして下さい……」

冷静を装う稚子。

慶、優しく微笑み、食器洗いを手伝う。

●墓地

田んぼの真ん中にある墓地。

風に揺れる稲。

友彦、お墓に水をかけている。

稚子、花を替え、線香を立てている。
姉弟並んでお墓に手を合わせている。
友彦「母ちゃん。帰ったぞ!!」
稚子を見守る慶の優しい目。

●畦道

墓参りを終え、桶を手に帰る友彦。
慶、稚子、友彦に続く。
慶「なぁ友彦。今からお姉さんとデートしたいんだが、いいか?」
びっくりして振り返る友彦。
稚子「た、竹道さんっ」
慶「いいだろ? 友彦。すぐ帰ってくるから」
友彦「お、お前手ェ早そうだからな――! 姉ちゃんはお前のつき合ってるようないろんな女とは違うんだぞ」
慶「……いろんなねぇ(苦笑する)」

●河原

川（庄川）沿いに広々とした河原が広がる。
川べりを歩く慶と稚子。
稚子、石につまずき、転びそうになる。

慶「（稚子をしっかり受け止め）さぁ、もう僕の手を放しちゃいけない」
稚子「平気です！　一人で歩けます（手を解こうとする）」
慶「――なぜ君はそんなに恥ずかしがるんだ？　僕が嫌い⁇（笑）」
稚子「そ、そうじゃないけど……」
慶「じゃあ好き？」
稚子「………（困る）」
慶「さぁ、答えて！　僕が好き？　嫌い？」
おどけてせまる慶。
稚子「あ、あなたはいい方ですわ……竹道さん」
慶「それは好きということ？　――Yes？――No？」
稚子「いじわるだわ、そんなの」
慶「君の口から言うんだ。僕を好きか嫌いか――」

稚子「(小声で)……す……き……です」

笑い出す慶。

慶「は――っはっはっ。やっと言いましたね!」

＊＊＊

河原の大きな石に腰かける慶。

稚子も座れそうな石を捜すが、見当らない。

慶「(自分のひざの上を叩き)ここに座って!」

稚子「またそんな……」

慶「大丈夫! 君の重さぐらいこのひざは耐えられるから!」

稚子「ひどいわ!! どうせ私は太ってるわよ」

慶をバシバシ叩く稚子。

慶、その手首を掴み、

慶「太ってるだって? 何キロくらいか、当ててみようか(稚子を強引にひざの上に座らせる)」

もがく稚子。

が、慶がしっかり腰を押さえている。
当惑し、下を向いたっきりの稚子。
慶「（優しく）何をそんなに恐がってる？　大丈夫だよ。急に襲ったりしないから」
稚子「そんなんじゃないんです。そういうことじゃないんです」
慶「――恋をするのが怖い？」
稚子「私……自分がどんな女か分かってます――！　綺麗じゃないし、頭だってそんな良くないし……竹道さんを好きになる資格なんかない」
慶「資格……？　バカな!!　君は何も分かっちゃいないいな！」
稚子「分かってらっしゃらないのは竹道さんの方です！　……あなたは……会って間もない女性に軽々しくこういうことをするんでしょうけど、本気に取ってしまう女もいるんです!!」
慶「本気に取られたって構わないからこうしてるんだ」
慶、稚子の眼鏡をはずし、ぐっと引き寄せる。
稚子、顔を背ける。
慶「顔をしっかり見せて（顔を自分の方に向かせる）」

稚子「め、めがね返して下さい（目を背けている）」
慶「いやだね！　返さない。僕を真正面から見るんだ！」
　ふるえている稚子。
　その唇に自分の唇を重ねる慶。
　優しく、長いキス。
　川を夕陽が照らしている。

●北陸自動車道・長岡ジャンクション（夜）
　慶の車が東京方面へ吸いこまれていく。

●車の中（夜）
　無言で運転する慶。
　助手席でおとなしい友彦。
慶「疲れたら寝てろよ」
友彦「眠くなんかねェよ——お、お前よ、姉ちゃんと何かあったのか……？」
慶「お前の考えているようなことはないよ」

友彦「当たりめェだよな！　ハハ、あるわけねェよ」
慶「いや、わからんぞ」
友彦「へっ……？」
慶「これからもお付き合いするのさ」
友彦「ジョッ、冗談だろ？　だってお前他に女いっぱいいるじゃねェか!!　よりによって何で俺の姉ちゃんなんかと……」
慶「なんかとは何だ。素晴らしい人じゃないか！　お前はそうは思わんのか？」
友彦、信じられないといった表情。

●建築現場・俯瞰
建物が完成に近づいている。

●病院
稚子が年とった患者の着替えをしている。
喜ぶ患者の顔。

●富山

黄色く実った稲穂。

稲刈りをする人の姿。

北アルプスの山々がみえる。

●三上家・台所（夜）

稚子、食事の後片づけをしている。

電話のベル。

●同・居間（夜）

受話器を取る稚子。

稚子「三上でございますが」

●慶の家（夜）

ピアノの椅子に座り、携帯で話している慶。

蓋が開いたままのピアノ。

慶「――竹道です。元気でいますか？」

稚子「竹道さん⁇　……ほ、ほんとに？」

慶の声「早くまたあなたにお会いしたいもんだ――正月にでも行きますよ」

●三上家・居間（夜）

●慶の家（夜）

ピアノで和音を弾く慶。

慶「ところでね、今面白いこと思いついたんだ。これ……何だか分かる？」

稚子の声「なんか……ピアノの音みたいですけど」

慶「ご正解!!　今からあなたに曲をプレゼントします――いいですか？」

グランドピアノの上に携帯を置き、リストの「慰め」を弾き始める慶。

●三上家・居間（夜）

聴きとろうと携帯を耳に押しつける雅子。

慶の声「（リストの曲をバックに）――どうです？　聞こえますか？」

●慶の家（夜）

気分がノッて弾く慶。

慶「わっはははは。こりゃ実に愉快だ」

ふと気付くと、沙紀が慶の後ろに立っている。

沙紀「……ケイ……あんた何バカなことやってんのよ!!　――私の前では絶対に

ピアノを弾かない人が!!」

携帯を床に叩きつける沙紀。

●ホテル・スカイラウンジ（夜）

超高層ホテルのフランス料理レストラン。

眼下に美しい夜景が広がる。

慶と友彦、ウエイターに案内されテーブルに着く。

友彦「（小声で）……ホントにいいのかよ」

慶「勿論！　好きなだけ食べてくれ。今日は折り入って頼みがあるんだ。このくらいしなくちゃな」
友彦「何だか知らんけどメいっぱい御馳走になるぜ！」
ウエイター、ワインの注文を取りに来る。

＊　＊　＊

夢中で食べている友彦。
友彦「とっ……、（食べ物がつっかえる）ところでよ、お前がさっき言ってた頼みってなんだ？」
慶「実はな……その、簡単に言うと、歌って欲しいんだ。オーケストラをバックに」
友彦「（食べながら）なんだよ、カラオケパーティでもやんのか？」
慶「いや、そうじゃない。友彦、お前に第九を歌ってもらいたいんだ!!」
友彦「……ダイク……？」
怪訝な顔の友彦。

●新宿西口公園（夜）

風にゴミが舞い上がっている。
友彦を説得する慶。

慶「お前が驚くのも無理ないが、俺を信じてやって欲しいんだ！　歌は一から教える。勿論完璧に歌ってくれとは言わん。第九は専門家でもそうそう歌えるもんじゃない」

友彦「――だったらなんで⁉　オレ、歌どころかオタマジャクシも読めないんだぜ」

慶「お前の歌というより、お前自身の存在が欲しいんだよ‼　難しいところは口をパクパクさせるだけでいい――」

友彦「お前、俺をからかってんのか」

慶「大まじめさ――来年僕は第九を振る……初めてね。第九には合唱があるんだが専門の合唱団ももちろん歌う。お前もそれに加わるのさ。お前だけじゃない、現場のみんなもだ」

唖然とする友彦。

●音楽大学

学生の合唱団を指揮している慶。

慶「……それじゃあ313小節から――一緒に行きます」

慶が振り上げるタクトに四つのパートが揃って歌い出す。

＊　＊　＊

慶「……じゃ今日はここまでにします……が皆、ちょっと帰らないで待ってて欲しいんだ。大事な話をしようと思う」

合唱の学生達、慶のまわりに集まる。

慶「――実は今回の合唱のメンバーについてなんだが……」

ザワつく学生達。

（次のシーンにかぶる）

●同・教授室

教授が慶を呼び入れる。

ドア付近に立ったままの慶。

教授「ま、まぁ……座り給え。実際君には驚かされることが多いんだが、今回はさすがにねぇ……」
慶「合唱のことですね」
教授「学生達から不平が出てね――竹道君、全くの素人を一緒に歌わせようってのは本当か……？」
慶「そのつもりです。勿論一から指導します」
教授「第九はそんな簡単なもんじゃない――君自身が一番よく知ってるじゃないか」
慶「彼らに上手に歌ってもらおうとは思ってません。できる範囲でいいんです。一緒に音楽の喜びを分かちあえればそれでいい！」
教授「君にとっては初めての第九だ」
慶「……成功とか――そういうことは考えていません」
教授「観客はどうする？　高い金を払って来るんだぞ」
慶「――そのことですが、チケット代を半額にする。オケも予算のかからないアマチュアにする――足りない分は僕が埋め合わせます！　ドイツ行きの金を少し準備してたんです……でももう僕には必要ない」

溜息をつく教授。

●建築現場

友彦、ゾロゾロと労働者達を慶のところに連れて来る。

慶「(興奮して)すごいぞ……よくやった！　よく集めたな、友彦!!」

友彦「――結構みんなその気ンなってよ。おもしろそうだなって――。一人がやるっていったら俺も俺もって」

慶「そうさ！　そういうもんなんだ、第九は!!　みんなで歌おうじゃないか」

友彦「そんなに気合入ってるワケじゃないから、期待するなよ。よーするにみんなヒマだっつーこと。でも――こいつは結構いい声してるんだよな、オイ」

太った労働者「(オペラ歌手ばりに)♪は～るばる来たぜ　は――こだてェ～♪」

慶「……驚いたな……こりゃテノールで行けるぞ！」

●雪の富山

雪化粧した立山連峰。

●三上家・居間（夜）

三上家全員と慶、こたつを囲んでくつろいでいる。

紅白歌合戦をやっているテレビ。

●神社（夜）

雪の舞う神社。

集まっている数人の初詣客。

稚子の肩をしっかり抱いている慶。

除夜の鐘が響く。

●沙紀のマンション（夜）

ベッドの中の沙紀と小暮。

起き上がってシャツを着る小暮。

小暮に背を向けている沙紀。

小暮「憧れの君とこうなったのは嬉しいんだが……君の中には竹道しかない——

僕が気付かないとでも思っているのか?」

沙紀「…………」

●建築現場

労働者達が盃を手に完治を囲んでいる。

完治「みんな、明けましておめでとう。——新年早々だが、今年はいよいよ地下鉄を手がける。みんなの安全をより一層願いたいと思う……乾杯!」

盃を合わせる慶と友彦。

●教授の家

新年の挨拶に来ているスーツ姿の慶。

教授「——今年は君の年だな。君の第九に期待しているよ」

慶「期待に添えると思ってます」

教授「自信があるんだな——その強気は君の父親そっくりだ。……ところでオーケストラの件だが——予定どおりでいい。アマチュアに変更しなくていい」

慶　「チケット、半額にするんですよ。その収益でも可能なんですか？」
教授「ちょっと事務局の斎藤君と話したんだ。君の実験的第九に協力してもいいっていうんだよ――」
　頭を深々と下げる慶。

●慶の家・庭
　ガーデニングのスイセンやパンジーが咲き乱れている。

●同・中
　友彦と大勢の労働者が集まっている。
　慶、合唱の譜面を見せ、
慶　「これをみんなに渡します。今は勿論音符は読めなくていい。少しずつ、やっていこう」
　譜面を配る慶。
友彦「（パラパラめくり）なんだよこれ、音符どころか、歌詞が英語じゃんかよ」
慶　「それは英語じゃない。ドイツ語だ。あとでカタカナふってやるよ」

友彦「オレ、やっぱり辞める」
慶「今更なんだ！　お前は何百という聴衆の前でオーケストラと一緒に歌うんだ……凄いと思わんのか？」
友彦「ヘタでも怒るなよ」
慶「構わんさ。ところで——当分、パート練習になるから、ここでやろうと思う」
友彦「お前のウチで？」
頷く慶。

●トンネル
図面を広げ、労働者達に指示している完治。

●音楽大学
若葉の季節。
ハナミズキの咲くキャンパス。
合唱団の学生を指揮している慶。

●トンネル

トンネル掘りをしている慶、友彦、労働者達。

●慶の家（夜）

友彦達が歌の練習をしている。

慶、ピアノを弾きながら指揮している。

慶「（友彦を指し）ちがう！　ちがうぞ、友彦！　そこは『ボー』じゃない、『ヴォー』だ!!　上の歯で下唇を噛むようにして……」

友彦「いちいち細っけぇーこと言うなよ。オレ、もう疲れた。飽きちゃったよ！」

その時、麻衣が帰って来る。

大勢の男達に唖然とする麻衣。

友彦「あっ……ま、麻衣ちゃん……！」

麻衣の後をついて行きそうになる友彦。

●トンネル

外は梅雨時の雨。

真っ黒になって土を掘っている慶、友彦。

友彦「……お前、よくやってるよな……そろそろ一年になるぜ」

慶「お前こそ歌の練習、よく投げ出さないな。感心してるんだぜ。あと半年、頑張ってくれよ」

友彦「本当はヨ——、すぐ辞めちまいたかったけどよ……みんなの手前そうもいかんしな……。でも今は何か、いっちょうやってやろーじゃねェかって気分だぜ」

友彦を見て頷く慶。

●音楽大学

合唱の学生とオーケストラが待機している。

慶、友彦ら労働者合唱団を連れて入って来る。

ザワつく学生達。

慶「え……っと、前にもお話ししていた皆さん達です。今日はオケ合わせです

　ので、彼らにも加わってもらおうと思ってます」
　友彦達、オーケストラや合唱団に圧倒されている。
　女子学生達、薄汚れた友彦らをジロジロ見ている。
友彦「そ……そんなにジロジロ見ることたァねェだろ!!」
慶「（友彦を見て咳払いする）ま、まあ皆さん、仲良くやっていこうじゃないですか！」
女子学生「……ジョーダンでしょ、竹道先生！　あんなのと仲よくしろってーの？」

＊＊＊

　合唱団の練習が始まる。
　オーケストラの大迫力。
　友彦ら労働者合唱団、キョトンとして歌い出せない。
慶「（中断し）どうした友彦！　ウチでやった通りにやればいいんだ」
　再び指揮棒を振る慶。
　友彦が声を出すと隣の男子学生、耳うちして、男子学生「……ちょっと君、離れてくれないか？　僕まで音はずしそうで困るんだ」

友彦「な、なんだとっ!!」

●富山・夏の風景

青い田畑。セミの声。

●三上家

稚子が明け放した縁側でMDを聞いている。

ベートーヴェン「悲愴」の音色にうっとりしている稚子。

MDケースには慶の字でピアノ・K・Tと書いてある。

●トンネル・出口（夕方）

梯子を登って来る真っ黒になった完治、友彦。

友彦「あ――やっと終わったぜ！　今日はキツかったな――（梯子の下にいる慶に向かって）おうい、お前も早く上がって来いよ！　早く帰って一杯やろうぜ」

慶、梯子を上りかけた途端、ドォ――ッと倒れる。（スローモーション）

友彦「…………!!」

完治「何だ？　どうした？（中を覗く）」

●救急車のサイレン（夜）

●病院（朝）

ベッドで点滴している慶。

友彦、完治、メロンを持って見舞いに来る。

完治「ケイ……おまえ疲れてんだよ」

友彦「こいつ、全然寝てなかったんだ。大学行ったりトンネル来たりで……」

完治「そうか。だが穴掘りにはもう来なくていい」

慶「（弱々しい声で）――なぜです？」

完治「ケイ、お前はクビだ」

友彦「そうそう。お前ね、ウチの会社、クビになったの！」
完治「来てもらっても、お前の仕事はもうない」
慶「僕は大丈夫だ。二、三日休めば治る」
完治「――いいか。お前は音楽にうち込むんだ。大事な仕事があるって言うじゃないか。トンネルはおまえ一人いなくなったってどうってことねぇ。だがそっちはどうだ。お前しかできない仕事じゃあないのか？」
友彦「あ、歌の方はね、心配ネェよ、ダイジョーブ。ちゃんと練習行くから」
完治「いいか！　絶対トンネルには来るんじゃねーぞ」
友彦「もし来たらブッ飛ばすからな!!」
病室を出る完治、友彦。
メロンを見つめる慶。

●音楽大学
第九の合同練習をしている。
するどい目で指揮する慶。
額に汗がにじむ。

●強風に揺れる木々
舞い上がる路上のゴミ。

●慶の部屋（夕方）
窓の隙間から激しく風が吹き込む。
吹き飛ぶ机の上の楽譜。

●トンネル付近の道路（夜）
激しい雨に道路が冠水している。
夜の現場に黄色の安全灯がにじむ。
雨ガッパ姿の完治がライトを持って歩いている。

●建設会社のオフィス（夜）
オフィスで上司と話している完治。
ずぶ濡れの顔をぬぐって、

完治「――こりゃあ、無理ですな。台風はまだ伊勢のあたりらしいが、もうメチャクチャ降っていやがる……」
上司「ああ、分かってる。しかしあそこは予定より随分遅れている――アンタも知ってるだろ？」
完治「――しかしワシの立場上、奴らにあん中で仕事やれとは言えんのです。ワシには安全の保障ができない」
上司「安全の保障は私がする。確かに雨は強いが、台風が接近するにはまだ間がある……やってくれるね」
完治「今度ばっかりは……その、ワシの勘なんだが……やめといた方がいいような気がする。夏の台風はやっかいだ……」
上司「君の勘に頼るってわけにはいかないんだ。これは会社の利益にかかわることなんだ」

●音楽大学

第九の練習に励む慶。

オーケストラの音が暴風雨にかき消される。

●トンネル

激しい風と雨。

ずぶ濡れの労働者達、緊張した顔で完治を囲む。

完治「(怒鳴り声で)いいかっ!! みんな、俺も中に入る。友彦達は上をよーく見張ってろ!! 水がちょっとでも来そうだったら早めに知らせるんだ!!」

友彦、入口に積み上げられた土のうを叩き、

友彦「バッチリだよ、オヤジ! 上はまかせてくれ!!」

●コンサートホール

ホールでの音合わせ。

皆私服だが、本番さながらである。

第二楽章のテーマを演奏するオーケストラ。

(次のシーンにかぶる)

●トンネル付近の川

増水した川が、一気に水かさを増す。

●トンネル・内部

完治ら労働者が懸命に掘っている。

●指揮する慶

●トンネル付近の川

ついにあふれ出す川の水。

●トンネル・入口

あふれた水が入口にせまってくる。

驚く友彦の表情。

友彦「……ヤ……ヤバイぞ　オ、俺行ってくる」

(中に入ろうとする)

仲間の労働者、友彦の腕を掴み、

労働者「(叫び声で)やめろっ!! 友彦! もう間に合わん!!」

友彦「バッカヤローっ! オヤジ達が中にいるんだぞ――っ!!」

●同・内部

入口から一気に流れ込んで来る水。

完治らにせまってくる。

完治「こっ、こりゃいかんっ!!」

たちまち完治を飲み込む大水。

次々に他の労働者も飲み込んでいく。

●同・入口

流れ込んでいく滝のような水。

泣き叫ぶ友彦。

友彦「オヤジい~~っ!!」

止める手を振り切り、梯子を下りて行く。

●激流の中の友彦

●コンサートホール
合唱団、二重フーガのクライマックスを歌っている。

●トンネル・内部
激流の中で浮き沈む完治。
が、わずかな鉄骨に掴まり、かろうじて待避することができる。

●富山・病院ロビー
稚子が子供の患者と遊んでいる。
テレビのニュースでトンネル事故の様子が映っている。

●トンネル・入口（夜）
沢山の消防・救急車が集まっている。

中を覗くレスキュー隊の厳しい表情。
フラッシュをたく報道陣。
完治、がっくりと座り込んでいる。
完治「（顔をタオルで覆い）……トモ……あのバカ……」

●コンサートホール・玄関（夜）
自動ドアから走り出て来る慶。
タクシーに飛び乗る。

●トンネル・入口（夜）
運び出されて来る数人の遺体。
泣き崩れる遺族達。

●富山・三上家
雪の庭を眺めている慶。
稚子、慶の横に静かに座る。

無言で庭を眺めている二人。

＊　＊　＊

稚子「――竹道さん、第九がんばって下さい……友彦のためにも」
慶「（微笑んで）……ああ。――ところでね、稚子、『竹道さん』はよくないな。
　ケイ、と呼ぶんだ――」
　優しく稚子を抱く慶。

●クリスマスの街（夜）
　クリスマスのイルミネーションで輝く街。
　クリスマス・ソングが響く。

●事故のあったトンネルの入口
慶「さァ友彦……お前も飲め」
　ポケットからワインの小瓶を出し、入口に注ぐ慶。

●コンサートホール・玄関

次々やって来る観客達。

受付の横に大きなポスター。

〈ベートーヴェン交響曲第九番・合唱――指揮　竹道慶〉とある。

●同・中

ほぼ満席のホール。

観客に正装した麻衣、ルイ子の姿。

後方の隅に沙紀と小暮。

●舞台・袖

黒のヴェルベットのジャケットを着た慶。

慶を見守る早乙女教授。

教授「君だけの……第九を振って来い!!」

教授、慶の背中をバンと叩いて、ステージに送り出す。

●ステージ

慶が晴れ晴れした表情で登場する。

沸き上がる拍手。

＊＊＊

慶がタクトを構える。

短い静寂の後、第一楽章のホルンが静かに鳴り響く。

●上野駅・ホーム（夜）

稚子が列車から降りて来る。

人ごみを掻き分け、急ぐ稚子。

●コンサートホール

第二楽章。

慶を見守る教授。

両手を握りしめ聞いている麻衣。
真剣な眼差の小暮。

＊　＊　＊

慶の指揮に高潮していくオーケストラ。

＊　＊　＊

第二楽章のエンディング。

●ステージ

入場して来る四人のソリスト達。
続いて労働者合唱団がゾロゾロと入ってくる。
ソリストと対照的な労働者達の安っぽい服。
ニヤリとする麻衣。
あきれ顔の小暮。

●ホールに到着する稚子

息を切らしている。

入口で稚子を迎える完治。

●ステージ

第四楽章初めの弦楽器のファンファーレ。

レシタティーボの後、『歓喜の歌』テーマが現われる。

一斉に立ち上がる合唱団。

壮大な場面。

●合唱団

『歓喜の歌』合唱始まる。

ステージで歌っている労働者達。

●カットバック

『合唱』に合わせコンサートホールの映像が次々にカットバックされる。

＊＊＊

建築現場で汗を流す労働者達。

＊

完治の笑い声。

＊

慶とふざけ合う友彦。

＊

麻衣の高慢ちきな顔。

＊

アレックスのニヤケ顔。

＊

ピアノを弾いている美しい沙紀。

＊

トンネル工事現場。

＊

暴風雨——なぎ倒される木。

＊

あふれ出す川の水。

＊

激流に飲みこまれる労働者達。

＊

闇に光る消防、救急車の赤灯。

＊

泣き叫ぶ遺族達。

＊

患者に微笑みかける看護婦姿の稚子。

●合唱、クライマックス

二重フーガあたりから。

憑かれたように指揮する慶。

友彦を追悼するかのように。

＊　＊　＊

●再びカットバック

携帯を手に渋谷・ハチ公口交差点を行き交う若者達。

＊

進学塾でハチマキをして勉強している小学生。

＊

ハローワークに行列を作る中高年。

＊

少年に乗っ取られたバスに突入する警官隊。

＊

泥流に埋もれた三宅島。

●ステージ

第九のプレストのコーダ（終曲部分）。

七十分間演奏し続けたオーケストラが最後の力をふり絞る。

打楽器群の連打。

慶が拳をつき上げる――終曲。

＊＊＊

一斉に沸き上がる拍手。

熱狂する聴衆。

鳴り止まない拍手――。

＊＊＊

舞台の袖から見守る教授。

「やった!!」と両手をうつ麻衣。

慶を見つめ続ける沙紀。

＊＊＊

拍手に応える慶。

合唱団や労働者達の方に手を広げ、その存在をアピールしている。

再び沸き上がる拍手。

●楽屋

オーケストラや合唱団、互いに握手し合っている。
慶をとり囲む麻衣、ルイ子、教授。花束に埋もれる慶。
沙紀、突然慶に抱きつく。
苦笑する慶。

●同・隅

労働者達が遠慮がちに固まっている。
忘れられたように。
労働者達、楽屋をスッと出るが誰も気にかけていない。
慶、慌てて彼らを引きとめ、一人一人としっかり握手する。
慶、受け取った花束を労働者達に渡す。

●コンサートホール・階段
人けのない楽屋裏の階段。
人波からのがれた慶が楽屋から出てくる。
前方にポツンと立っている稚子。
稚子「(ハッとして) た、竹道さん」
楽屋の華やかさとは対照的な稚子の地味な服装。
恥ずかしそうに逃げ出そうとする稚子。
慶「(稚子の腕を捕え) ……竹道さんじゃない――ケイ、と呼ぶんだ!」
優しく微笑む慶。
稚子を後ろからしっかり抱き締める。
薄暗い地下階段。身動きしない二人を〈非常口〉の緑のサインが照らす。
慶、ポケットから指揮棒を出し、稚子の手に握らせる。

●ホテルのパーティ会場・中
握手攻めにあう慶。
慶、華やかなドレスとマスコミに埋もれながら、隙をみて外に出る。

●同・外（夜）

慶、受付の若い女性の所に走り寄る。

受付嬢「（驚いて）た、竹道先生…!!」

慶「あ、君ね、僕はちょっと気分が悪くなっちゃったんで帰るから——飲みすぎかな？　ハハハ……」

ホテルから飛び出していく慶。

●同・中

沙紀、落ち着かない様子で慶を捜している。

麻衣「沙紀さ～ん！　兄さんだったら捜してもムダよ。さっき帰っちゃったから」

沙紀「帰ったって？　……主役なのに……？」

麻衣「ええ。なんか飲みすぎて気分悪くなったんだって!!　——ウソに決まってるけどね」

●慶の家・外（夜）

窓から灯りがこぼれ、賑やかな声が響く。

●同・中

慶と労働者達、打ち上げのドンチャン騒ぎをしている。

慶、雅子を抱き上げる。

労働者達から喚声が沸く。

●慶の部屋

雅子、慶のベッドに腰掛け、友彦の写真を隠れるように見つめている。

窓際に無言で立っている慶。

やがて雅子に近づき、優しく雅子の手から友彦の写真を取り上げる。

慶「悲しみは圧縮して凍らせる。いつか――おそらく君がおばあさんになったころ――そぉっと解凍するんだ。……もちろん一生解凍しないでおくっていう手もある」

慶、突然雅子の手を取り部屋を出る。

●慶の家・居間

酔い潰れて寝ている労働者達。散らかった空きビンや皿を避《よ》けながら雅子を外に連れ出す慶。

●同・外（夜明け）

白い息をはきながら明けていく空を見上げる慶と雅子。

慶「（雅子を後ろから抱き）君の故郷《ふるさと》へ行こう。そこで新しい家庭を作る。美しい自然の中で子供を育て、質素に暮らす」

雅子「あなたにはそういうの、似合わない気がする……」

慶「夢だったんだよ。近くの子供達を集めて音楽と武道を教える塾を開く。塾といっても勉強は教えない——そのかわり礼儀とか、忍耐とか、そういうものを子供達に徹底的に叩き込む——」

雅子「（戸惑って）なんか……よくわからなくなっちゃった。竹道さんっていう人も、これからどうなるのかも——」

慶　「あっはっは。それでいいんだよ！　考える必要なんか全くない!!　すべて上手《うま》くいくさ――！　僕らは喜んで生きる義務があるんだ。あとは野となれ山となれだ――!!」

〈終〉

登場人物

竹道　慶　（25）……………指揮者
三上　友彦（20）……………建築労働者
山根　完治（54）……………現場監督
竹道　麻衣（19）……………慶の妹・音大生
早川　沙紀（23）……………慶の後輩・ピアニスト
三上　稚《わか》子（23）……………友彦の姉・看護婦
早乙女教授（62）……………音楽大学教授
小暮　和弘（25）……………慶の同期生・指揮者
アレックス（21）……………麻衣のピアノ教師
竹道ルイ子（48）……………慶の母
三上　修造（67）……………友彦の父
労働者たち
合唱団
オーケストラ団員

あとがき

今から十年ちょっと前の事だ。日本がバブルの絶頂期にあったころ、私はテレビで、あるニュースを知った。都会の或る工事現場で豪雨により増水した水が地下に流れ込み、何人かの若い労働者が犠牲になったというものだ。いわゆる労働災害のひとつ、といってしまえばそれまでだが、犠牲になった労働者のあまりの若さが（確か十代の人が多かった）印象に残った。

一方、東京で生まれ育った私は毎年の夏、夫の故郷である富山県砺波《となみ》市に車で赴いた。アルプスの山々を突き抜けていく日本一長い関越トンネルはまだ上下線とも一本しかなく、対面通行で徐行しなければならなかった。北陸道に入っても難所といわれる親不知《おやしらず》の辺《あた》りがなかなか開通せず、下の渋滞する国道から山腹にある建設中のトンネルを恨めしく見上げたものだ。当時東京から十二時間かかった。今では関越トンネルも片側二車線となり、北陸道のトンネルにもほとんど対面通行がなくなり、所要時間は半分の六時間になった。トンネル内部を照らすオレンジ色の照明の列が明るい未来への誘導灯のように見えた。日本人の底ヂカラを感じた。

　そんな中で私の中に竹道慶という人物のうっすらとした輪郭が生まれた。いつも前向きで底ぬけに明るく、楽観的——。愚かなほど率直でその魂は透きとおっている。音楽を真摯に追求しているが意識はいつも外に向かっている。慶には直射日光、汗が似合う。虚飾を嫌う、偏見のない風通しのいい心——。酒が好きで、女性にも限りない愛情を注ぐ（彼には女性を、女としてより人間として判断してしまう欠点があるのだが）。慶にとって重要なのは今、この時。考えるよりも先に行動する。

　彼のもうひとつの特徴的な要素は日常の当たり前の仕事を大切にすることだ。特に炊事に関しては徹底している。留守がちの母に代わって怠惰な妹の分まで食事を作り後片付けにも念を入れる。そういう日常生活行動の中に、慶は音楽の真髄を垣間見るのである。ラストで彼は自分の夢を将来の伴侶、雅子に語る。名声も家もある都会を離れ、自然の中で子供達の教育をするという、半ば隠者のような生活をしたいと言う。ＩＴの進歩でますます便利になる現代社会に逆行するかのようなライフスタイルが慶には心地よいのだ。

　単純、無邪気、時に傲慢である慶。そんな彼が生活のバックグラウンドの全く異なる友彦と意気投合するのはごく自然であった。「考えるより先に行動する」点において共通する慶と友彦。友彦は慶という人間の側面を具体化したもうひとりの竹道慶である。

バブルから一転、出口の見えない長引く不況。デフレスパイラルの中で日本という国のバイタルサイン（生命の標《しるし》）が弱々しくなっていく。そんな中で激増するのは少年犯罪、児童虐待、失業率、自殺者の数――。そんな世の中を、竹道だったらどう生きていくだろうか。高潔な生き方は維持できるのだろうか……この話の続編でも創って慶をいじめてみようか……魅惑的な女を出現させ情欲の誘惑に慶をおぼれさせたら……？　小心で、悲観主義で、時々生きるのがシンドイと感じる私にとって慶は対極であり、憧れだ。

大切なのは喜《よろこび》んで生きること――。

「慶」は慶の「慶」。

「なあに、心配することなんかないさ。どん底まで落ちたら、あとは跳ね上がるしかないじゃないか！」

慶はいつもそう言って笑っているのだろうと思う。

平成十三年九月

有漏路《うろじ》より無漏《むろ》ぢへかえる一やすみ
雨降らば降れ風吹かば吹け

——一休——

＊有漏路《うろじ》　煩悩の世界、迷いの世
無漏《むろ》ぢ　煩悩のない悟りの世界

【引用文献】

新庄嘉章《よしあきら》訳　ロマン・ロラン『ジャン・クリストフ』第一巻　新潮社版　昭和六十二年

鎌田茂雄『一休　風狂に生きる』廣済堂出版　平成九年

著者プロフィール

末永 ゆめ（すえなが ゆめ）

1957（昭和32）年、東京生まれ。
大学卒業後、日本ロレックス（株）勤務。
結婚後、英語教室開室、ツアーコンダクター、看護学生を経験。埼玉県在住、主婦。

家族：夫、子供3人、プラスわん（愛犬）
趣味：音楽（須川展也）、格闘技観戦、犬の散歩

カバーイラスト　松原健治
カバーデザイン　関原直子

歓喜《よろこび》の歌

2001年12月15日　　初版第1刷発行

著　者　　末永 ゆめ
発行者　　瓜谷 綱延
発行所　　株式会社 文芸社
〒112-0004　東京都文京区後楽2-23-12
電話　03-3814-1177（代表）
03-3814-2455（営業）
振替　00190-8-728265
印刷所　　株式会社 平河工業社

ISBN4-8355-2424-1 C0093